JN126575

五行歌集

配達員

鳴川裕将
Narukawa Hiromasa

市井社

日々の歌

走れば
走るほど
なんでだろう
五体満足に
泣けてくる

真昼の月は
どこか涼しげで
そっぽを向いていて
地球は丸いと
気づかせてくれる

私の
優しさは
人に与えながらも
私自身を包み込む
繭だった

息を殺しても
無駄だよ
生きてる君は
配達員の勘で
わかるんだ

さみしい時に
みつけた
細い月
あんたの
背骨みたい

月だけを見ている
微量の光線が
君のきれいな髪の
成分になると
安心しながら

もしかしたら
孤独のようで
そっと
月光を
入れてみる

救急車が
鳴いている
夜に
浴槽でみている
自分の命

陽が
穏やかな光量に
とどまると
私はさみしがり屋だ
幾つもの形態に睨まれる

宇宙の
端っこにいるような
朝に
起きなくちゃ
いけない

足りない
想像力で
ゴッホのピストルを
胸に
突きあてた

宇宙飛行士が観た
地球の青さだ
午後三時の太陽が掴んだ
緑のフェンスに
涙する

キータッチの指先で
伝えたい言葉が
浮かびあがる
幼稚園の
砂場にいるようだ

女はかわいい
男はおもしろい
その他は
機嫌の悪い
人達だ

天に
釣り上げられるまで
黒マグロ級に
実存したい
好奇心の海だ

生も
死も
ふしぎに認めてしまう
焼き場の裏の
ラブホテル

〝つりに行く〟
父が書いた
ひさしぶりの
文字に
つい笑ってしまった

外圧を
輝きにかえ
純度で物を言う
静謐な宝石の
息子でありたい

公園で
風に舞う
黒い傘
詩を愛する友人の
ダンスのよう

「サヨナラ」を
言った
傷だらけの金魚を
水槽に
戻すように

あなたは
優しすぎると
職場のお局さま
面倒なことを包んでいると
ばれましたか

玄関で
ナイショよといわれても
奥さん
カメラのレンズ二十八万円は
バレるでしょ

突然、
雨雲が
迷い込んできた
日常が劇場になるほどの
コントラスト

僕は
鳥になれない
あなたになれない
それが
すごいことなんだ

つなみのえほんを
大切な人に
読んでもらう
涙の落ちる音
ぐすっと

玄関に
真夏の
クリスマスツリー
電気がついたようだ
ミニトマト

宝物のビワがあるんじゃ
もってけ
余命一年という
配達先の
おじいさん

五行歌を前に
私はもともと
自由なんだと
放り出される
森羅万象ダイビング

父の
葬儀で
姪たちは遊び回り
光の塊にしか
見えなかった

夕立の後
潮が引くように
道路が乾く
鳥たちに
蛙のカルパッチョが用意されて

みそ汁を
海に
変えてしまう
恐るべし
蟹！

夜の配達

「サンタさんかと
思ったわ。」
「まあ
そういうもんです。」

小さい子が
玄関に出てくるの
おくれてすみませんって
思わず
ありがとうって

ダイコン畑の
収穫途中は
とうもろこしの
食べかけ
みたいだ

真夜中に
踊るように車の運転
猛禽類の爪になって
アクセル、ブレーキ
ギアチェンジ

私は
誰かの布石
少なくとも
父母は
踏み台になった

日常にエロが紛れ込むことと
親父が別の世界に行ったこと
どこか
鏡の中の
一枚

蝉の
羽の
片方
落ちている
金具のように

皆から取り残された
休日の
底
引っ張り上げてくれるのは
啄木だったりする

朝、たくさん積んだ
荷物の一つ
おもちゃのカンヅメに
満面の笑みで
応えてくれる

じいちゃんは？　じいちゃんは？
孫の声が探している
じいちゃんが育てた畑は
立派なトウモロコシで
いっぱいだよ

一方向からの眺め
鳥の鳴き声
たまに雨
分厚い書籍
「森」

ヘルメットの中は
孤独の極み
独り言のオンパレード
バイク熱
再燃！

今日だけの
勘違いで
かまわない
歌が一つできた
その為に生きてきたと

地上に電飾
彼方に
月の指揮者
秋の夜に
視覚のオーケストラ

日常の
ブラックホールは
青空にある
刹那に放り込みたい
つまらない自画像を

私の
枯渇した野生を
確かめるように
逃げない
鹿

仲間よ
いつもの作品ほど
面白くないと
私のも
平凡だったかと

散らばった
紙片が
夏雲のようで
タイトル
「無糖炭酸水を求める旅」

ニュースの
不在の荷物を投げすてる
映像
きっと
誰の心にも

時間に追われ
荷物を
奪うように
おばあちゃんに
渡してしまうんだ

人生の
折り返し地点
いかに独裁者で
欲・欲・欲を
闊歩してきたか

うたびとよ、
すべてのまことを
詠っていこう。
先生の言葉
焼きつく

欲望を
叶えてきた
刃を
今度は
人の為に使う

朝もすき家
夜もすき家
独り身の
ため息を
聴く

チョンチョンと
番地を入力
パズルのように
家を探す
はいどーぞ

発表しない五行歌って
文字が
骨のようだね
骨壺を持つように
私のiPhone

愛し愛され憎んだ人が
いないことに
いなくなることに
くちびるの
最奥が震える

多様な植物の間を駆け抜け
動物たちに出会い
知らないよ
君たちのこと
星と星の間くらい

思い出の中で
父は
とても楽しそうだ
初めて釣りを教えてもらった日
釣り竿を振り回して怒られた日

今日は
いい歌が
できたんだ
「ただいま！」
より先に

まじめに仕事しよ
横目で
キャベツ畑を見て
Mr.Childrenの新曲を
聴いた後に

泣きながら
歌を作りながら
仕事する
配達員が
どこにいますかって

男だから
女だからと
壺のような人生
密閉したまま
終わらせてよいものか

許してください
と
何気につぶやいた
春の田んぼが
ちょうどよい塩梅で

五行歌が
産まれる
瞬間
じゃまするな
俺

パッ、と
浮かんだ
サテライトブルー
夕暮れに
水田に落ちた色

経年劣化
ブルーの瓦を
ぺこり拝借して
美術館に
飾りたい

風という
概念が
なければ
樹木は
なんて饒舌家

山の向こう
空の向こうまで
見える気がする
その人の五行歌で
その街の喧騒から静寂まで

どうして？
どうして？
新築の家
半年で
殻になった

ガルル　ガウガウ
夜の街を
ゆく
トラックの後ろ姿が
犬の顔

食べていって！
熱中症には
西瓜がいいから！
その場でシャクシャク
ほんのり冷めてゆく

落ちた
鬼柚子が
玄関先に並べられて
日光のように
明るい

いい歌が
ないように思えて
あの人なら
これとこれ。指差す
淡いもの

卒業アルバムを
配達した時の
親の
柔らかな
ありがとう

社会が奏でる
悪魔の組曲
その音の一つになってしまう
無視する人
される人

わ　わ　わ
創るってたのしい
空も
自分も
画用紙だ

大の字
盾になって
横断歩道を渡らせる
黄色い旗の
人

石ころを
蹴る
水たまりに
指を入れる
忘れていたそんなこと

その玄関からは
目が
蕩ける
極上の
脂の匂い

下から
梢だけをみていると
空に
置かれた
盆栽だ

大工の集団に
孫らしき輝き
「のるな、のるな、
のるなってゆってるのに
のるって、あほやろ。」

磨りガラスに
だんだん近づいてくる
お客さん
釣り上げた魚のようだとは
とても言えない

ひきこもりに
私も
ひきこもりだったと
渡せないで
いた

配達は
不在ばかり
世界は
子供中心に
まわっているんだ

その子の表現はドラムなのだ
家のあちこちを
叩いている
インターホンを押しても
出てこない・・

何度
リセットしても
かわらない
それが、ひろまさ
それが、なるかわ

うっかり
蟹を
棄てることになって
妻は
ごみ箱に一礼した

白菜が
菜の花に
成長した姿は
葉っぱをドレスに
王女の風格

自らで
自らを
肥やすのか
ニュートンもびっくりな
落ちた柑橘類の実の多さ

父とは
死をもって
断絶したが
常識の外で
話してもいいのよと聴こえる

あぁ横谷さん
私が捕手なら
とれるだろうか
渾身の一首を
投げてくる

流産の可能性が高いと
医者は言う
諦めたら
可哀想だからと
妻は言う

太陽の色が分からない
あれは
何色なんでしょう
白銀の希望だけが
胸に残ります

そうだ！
多摩モノレールの
五行歌公募に応募しよう
いつだって
挑戦は素敵だ

再配達は
犯人が
犯行現場に
もどるような
焦燥感

死ぬまでにしたいこと
たくさんいらない
もっと
シンプル
アイラブユーだ

三百年では
蝉は進化しない
故に
芭蕉と
同じ蝉

帰ったら
妻が
ハア、ハア
朝ドラの俳優に
恋をしたらしい

あっちも
飛び立つのを
逃げるのを
躊躇して
びしょ濡れの鴉

人の
輪の中で
頂点をめざすことは
輝くスープを
毎日いただくこと

太陽みたいな
人がいて
月もいて
私はどうなの
だろう

小さなことで
くよくよするな
先生の創ってくれた
五行歌は
おおきなものだ

夜の
団地の
サイレン塔
淋しい者にだけ
咲いている花

自分は無能だな
と思う
道は遥かに遠いけど
足元を見ると
先生の書籍がある

記憶の小箱
今夜は
すき焼きらしい
醤油の香りと夕焼けが
母さんだ

みんな
みんな
線香花火の
火の玉にみえる
帰り道

ずっと疲労軽減で
日焼け止めクリーム
ぬってきたけど
今日は焼けてもいい
秋晴れの優しさよ

父の
顎の下を
鮮明に憶えている
蹴り飛ばした
箇所だから

みんなの心が
ステーキのように
机に置かれているから
おいでよ
歌会へ

さあ
みんなも
五行歌を書こう
一緒に
空に踊ろうよ

お墓には
どうもなじめない
歌集を
出したら
そこで眠りたい

心に
怪獣を
飼おう
鏡花水月
ラスボスになる日まで

山崎光の
特集をよんで
歌から
光が
射している

天とも地とも
分からない声
張り上げて
泣きたいのかも
しれない

あれはダメ
これは恥ずかしい
だなんて
白い紙を
前に

あなたが
負けず嫌いなのは
知っている
だから
高みを目指すんだ

あー
帰ったら
本が読める
違った、
啄木に会えるんだ

彗星になってしまう
死の器に
幾つもの
顔を
盛り付けると

いくつになっても
無限の
可能性を
感じてほしい
真白と名付けて

可能性

在宅のお昼時を狙い
昼食は後回し
幼稚園のお迎えの
午後二時は避ける
今日も「配達員」

おなかの
赤ちゃんの心音が
とっ、とっ、とっ、とっ、
走っているようだ
この子に追いつけるだろうか

道路が
川に
見える
とにかく無事に
帰りたい

死のうとした
日が
あった
今日は我が子が生まれる
なんということ！

面白いもんでもあるんか？
雲をみていたんです。
時間に追われているから・・
それからだ、打ち解けて
話すようになったのは

お腹の中で
赤ちゃんの柔肌は
創れたのに
私にはできない
どうして？　と妻

お客さん
玄関の
ウーパールーパーとは
コミュニケーション
とれていますか

こっちは
それどころじゃ
ない
高級車の
流麗なデザイン

あの時
本気でいくって
誓ったけど
まだまだ
スタート地点

ありがとうございました。
皆と別れた後、
夕焼けに
また
愛されて

いつか叶える
夢夢夢夢夢夢夢夢夢夢
って
もう覚めない
夢の中にいるのに

ゲロゲーロ！
訳すと
（我、此処にあり！）
寝言で
叫んでいた

仕事のミスで
嫌な思いをした
うわっ
帰ったら
『コラージュ』があるじゃん

ブラウン管に
釘付けだった
志村けんの
遺影は
コントをみるようだ

父親の
嫌な所を
思い出させてくれる
今の
愛すべき上司

菜の花畑と
形容しなければ
黄色い
炎が
燃えている

解き放った
言葉は
まだ檻の中にいて
みつめている
心の動物園

今日は
カメラマン
詩歌は、啄木が生きている証だった。
の一文を
撮る

赤ん坊の息子と猫は
平行線のまま
そこに
ラボットが加わる予定
まさに混沌《カオス》

膝を痛めて整形外科へ
若い先生だ
私が愛に
失敗した時
何をしていたのだろう

五行歌は
六行目からの
生活
毎日が
創造だということ

夏の日を
走ってきたけど
今、なんか涼しいな
ちゃんと
生きてるな

山を
見つめて
無限
の
みどりいろ

三日三晩の
雨に
配達
行きたくないけど
何とかなるが合言葉

妻の
料理に
ずっと浸かっていたい
夏の夜の
一瞬

息子を
頭から　脇から　腹から
洗いながら
次の鯵の塩焼きの
手順を考える

荷物は
誇るべき
刀身だと思えばいい
さぁ　持ち主の
鞘に戻れ

山奥の
木工所に
集荷に伺うと
鼻腔の奥に
シンデレラ城が建つ

焚火の
炎が
花のように
爺が
見つめている

陽が
射し込んで
親父よ
その光の裏に
いないのか

天才の
見えない努力
生きたいエネルギーが
見えてきて
もうボロボロだぁ〜♡

お母さんに
抱っこされた時の
世界征服した
おめえの顔
わすれないぞ

腰の立たない
老犬に
みつめられ
窓を開けたい
私という家

増悪と
快楽が
折り畳まれ
綺麗な和菓子となって
頭にある

猫に
なりたかった夢を
叶えてくれて
ありがとう
金沢詩乃さん

仕事で忙殺されたことより
感性のチャンネルを
開けなかった
心の強さを
思う

透明な
パズルが
組み合わさる
しーちきんおにぎりが
な・く・な・る

うちの猫を
前にして
将来、埋めるのがいいか
火葬がいいかなんて
夫婦の話

父は晩年よく
すまし汁を
作っていた
その立ち姿に
話しかける

オヌシ
謀りおったな！
の顔をする
離乳食が
納豆の時は

公園のベンチに寝転んで
ずっと雲を見ている
なんて贅沢なじかん
また来よう
趣味「公園のベンチで雲を見る」

不在票を
ポストに入れ
見上げると
どんな家も
城になる

よう寝とる
おとうさん
もっと働くよ
天地を
股に掛けて

創作している時の私は風を吹かすことができるパソコン画面の湖面を揺らすことができる

チュパチュパした
指が
鼻を通って額へ
パーで下がってきて
またチュパチュパ

会わなくても
いい
ぐらい
五行歌に
語れたら

鼻血が出そうな
ほど
静かな所
生きてることに
ガツンときた

反芻しているのは
思い出か？
いやいや違うぞ
愛情をもらった
数々だ

ゆっくりと
はんこ
押す暇
あったら
自由をくれよ

透明人間が
いるかと思った
玄関前に
長靴が
八の字に立っていて

生まれ
育った所が
配達地域になった
記憶の滝の中で
仕事する

今日は時間に余裕
お客さんが
なかなか出てこなくても
ずっと
雲を見ていられる

息子を
起こさないように
極小の音量
心は
コンサートホール

山口百恵じゃないが
日本のどこかに
五行歌を
待ってる
人がいる

歌集を出すというのに
究極に寂しい
究極に
一人で
闘うからだろう

あの人の
歌と
重ねてみる
どこが違うかじゃなく
星空をみるようだ

跋

草壁焰太

歌はあこがれの心から起こるという。

この歌集を読んで思ったことは、そのことだった。あこがれの心がいじらしくてあわれであり、その心が歌集全体を包み、引きこまれるようなよさとなっている。

このうたびとはどこで育ったのだろうか？　と、私は思う。

というのは、この人は、はたちの頃に一度、私のグループに属したが、いなくなってしまっていたからだ。

行方がわからなくなる人はときにいる。しかし、十数年してふたたび現れたとき、この人はうたびととして戻ってきた。

どこで育ったのだろうか、と私が述べたのは、その意外さからである。

このグループにいて自然に育つ人はかなりいると思っているが、よそで育った人というのはいままで見たことがない。

彼はどこでそのうたびとの心をかちえたのだろうか？

外圧を
輝きにかえ
純度で物を言う
静謐な宝石の
息子でありたい

宝物のビワがあるんじゃ
もってけ
余命一年という
配達先の
おじいさん

私は
誰かの布石
少なくとも
父母は
踏み台になった

いつか叶える
夢夢夢夢夢夢夢夢夢夢
って
もう覚めない
夢の中にいるのに

十数年の間に何があったのだろう。こういうあこがれの心は、そのときからあったのだろうか。私は何かすばらしいものを拾ったように感じた。いつどこで育ったうたびとか知らないが、突然来てくれた。

私も同じ夢の中にいるから、あこがれが彼に教えた優しい心が、一首一首から伝わって来るのを感じる。それはもう祈りに変わっている。こういう心がこの世界にほしかったのだと私は思う。

配達員！

彼は配達員だという。配達員がうたびとである。配達を書いた歌の節々にいじらしいあこがれの心が疼く。よく配達員になってくれた、と思う。そうでなければ、私は配達員たちの心をずっと知らないで過ごすところだった。

彼が歌を書く配達員だから、人々にそれがわかるのだ。

それでこそ、うたびとだろうと思う。

あこがれの心が、うたびとを導く。これは、私が師の前川佐美雄から教わったことであり、いま、突然戻ってきてくれたうたびとによって、復習しているところである。

よく帰ってきてくれたね。

あとがき

私は一度、五行歌を棄てた人間です。二十代の初め、『恋の五行歌』の文庫本を書店で手にしてから人生は一変しました。それなのに二十代の終わり、激しい自暴自棄になり、全てをリセットしてしまいました。五行歌も勝手にやめてしまいました。それから十数年、仕事に欲望に没頭しましたが、何かが欠けている感じは無くなりませんでした。時間を、雲を、緑を眺めていたら、なんだか強烈にむなしい。心に浮かんできたのは五行歌でした。今度こそ本気でやってみよう。復帰した際には、何事もなかったように笑顔で握手してくださった草壁焰太先生。温かく迎えてくださった五行歌の会の皆さん。感謝の念に堪えません。少し遠回りしたけど、私は泣きたい。
歌集を纏めるにあたり、確かな羅針盤で導いていただいた草壁焔太先生。出版に対する不安や疑問を消してくださった三好叙子さん。編集作業を中心的にサポートしていただいた水源純さん。装丁をしていただいた井椎しづくさん。すてきな表紙のイラストを描いてくださった金沢詩乃さん。三重五行歌会のメンバーでもあり、挿絵を描いてくださった馬場淳さん。私がいつも追いつきたくて追いかけている月刊誌『五行歌』に登場する歌人の皆さん。そして、ここまで読んでいただいた読者の皆さん。ほんとうにありがとうございました。

二〇二一年一月七日

鳴川裕将

五行歌五則［平成二十年九月改定］

一、五行歌は、和歌と古代歌謡に基いて新たに創られた新形式の短詩である。

一、作品は五行からなる。例外として、四行、六行のものも稀に認める。

一、一行は一句を意味する。改行は言葉の区切り、または息の区切りで行う。

一、字数に制約は設けないが、作品に詩歌らしい感じをもたせること。

一、内容などには制約をもうけない。

五行歌の会について

五行歌とは、五行で書く歌のことです。万葉集以前の日本人は、自由に歌を書いていました。その古代歌謡にならって、現代の言葉で同じように自由に書いたのが、五行歌です。五行にする理由は、古代でも約半数が五句構成だったためです。

この新形式は、約六十年前に、五行歌の会の主宰・草壁焰太が発想したもので、一九九四年に約三十人で会はスタートしました。五行歌は現代人の各個人の独立した感性、思いを表すのにぴったりの形式であり、誰にも書け、誰にも独自の表現を完成できるものです。

五行歌の会では月刊『五行歌』（Ａ５判350〜400頁・1200円）を発行し、同人会員の作品のほか、各地の歌会のようすなど掲載しています。

ご入会を希望される方、検討されたい方は、お電話やメールにてお問い合せください。入会案内のパンフレットをお送りします。また、詳細は会のホームページにも記載しています。

五行歌の会　https://5gyohka.com/
〒162-0843　東京都新宿区市谷田町 3-19川辺ビル 1階
電話　03-3267-7607　ファクス　03-3267-7697
メール　post@5gyohka.com

鳴川 裕将（なるかわ ひろまさ）

昭和51年三重県津市生まれ。

高校中退後、四日市、埼玉、福岡で生活し、父親の危篤により三重に戻る。それから、配達の仕事を始める。猫がすき。一児のパパ。

五行歌の会同人、三重五行歌会代表。

五行歌集　配達員

2021年3月1日　初版第1刷発行

著　者　　鳴川裕将
発行人　　三好清明
発行所　　株式会社 市井社
〒162-0843
東京都新宿区市谷田町3-19川辺ビル1F
電話　03-3267-7601
https://5gyohka.com/shiseisha/

印刷所　　創栄図書印刷 株式会社
装　丁　　しづく
カバー絵　金沢詩乃
挿　絵　　馬場　淳

©Hiromasa Narukawa 2021 Printed in Japan
ISBN978-4-88208-182-1　C0192

落丁本、乱丁本はお取り替えします。

定価はカバーに表示しています。